RICK RIORDAN

LA SOMBRA DE LA SERPIENTE

NOVELA GRÁFICA

Adaptación de
ORPHEUS COLLAR

Traducción de **Ignacio Gómez Calvo**

Montena

DALLAS, TEXAS.
MUSEO DE ARTE DE DALLAS.
23:30 HORAS.

KING TUT

KING TUT

MUSEO DE ARTE DE DALLAS

Parecía increíble que no hubiera pasado ni un año desde que mi hermano Carter y yo, ignorando por completo nuestro legado y nuestros poderes, habíamos descubierto que teníamos **sangre de los faraones**, una herencia que nos concedía el don de la magia egipcia.

Si nos hubieran dicho que nueve meses más tarde estaríamos codeándonos con la alta sociedad de la sede de la **Casa de la Vida** en Dallas, me habría reído.

Por desgracia, nuestra visita no era de placer.

¡QUÉ GENTE MÁS ELEGANTE! LÁSTIMA QUE HAYAMOS VENIDO A UNA **FIESTA** VESTIDOS PARA EL **COMBATE**.

ESTA NOCHE TENEMOS QUE ESTAR PREPARADOS PARA CUALQUIER COSA. MIRA, AHÍ ESTÁ NUESTRO HOMBRE.

CAPÍTULO 1

Los anillos de una gigantesca serpiente roja que se retorcía llenaban la sala. La magia de Apofis rodeó a mis amigos e hizo pedazos el museo de los cimientos al techo.

Era ahora o nunca. Tenía que restablecer el orden antes de que el edificio se nos cayera encima.

Encaucé el poder de la diosa Isis. Me obligué a concentrarme y pronuncié la palabra divina más poderosa de todas:

¡MAAT!

Hum, supongo que fue bastante impresionante.

Los anillos de la serpiente se consumieron como la niebla a la luz del sol, y también su control sobre todos los objetos de la sala.

La magia tan poderosa tiene un precio.

Si empleas demasiada, puedes quemarte. Le pasó a mi madre. Y por poco a mí también.

Mi báculo se hizo añicos.

Me caí.

¿AGH?

¿QUÉ... QUÉ HA PASADO? ¿CUÁNTO TIEMPO...?

HAS ESTADO MUERTA DOS MINUTOS, SADIE.

ESTÁBAMOS ASUSTADOS...

NO TENÍAS PULSO.

Miré a mi alrededor y vi que la sala no se había desplomado, pero toda la exposición estaba en ruinas.

ME DA LA IMPRESIÓN DE QUE TARDARÁN EN VOLVER A INVITARNOS COMO «AMIGOS DEL MUSEO DE DALLAS».

¡HABÉIS ESTADO GENIALES!

VAMOS A VER A J. D. GRISSOM Y A LOS MAGOS DE DALLAS.

La primera vez que mi hermano y yo entramos en un museo egipcio juntos, perdimos a nuestro padre.

La segunda vez, liberamos a unos demonios y estuvimos a punto de perder a una iniciada.

Esta vez no había habido víctimas, salvo yo... de momento.

Me gustaría decir que encontramos a todos los magos de Texas sanos y salvos, pero no fue así.

El césped cuidado en el que se había celebrado la animada fiesta era ahora un cráter del tamaño de una piscina olímpica.

Me preguntaba cuántos magos habrían muerto.

J. D. GRISSOM. LOS TEXANOS...

HAN MUERTO.

TODOS.

No teníamos tiempo para llorar a nuestros compañeros. Las autoridades mortales no tardarían en llegar para inspeccionar la escena.

¡FWEET!

La niebla de la Duat se despejó cuando sobrevolamos el East River hacia nuestro hogar.

Los mortales corrientes no veían otra cosa que un enorme almacén ruinoso, pero para los magos la *Casa de Brooklyn* era tan visible como un faro.

Era casi medianoche, pero la *Gran Sala* todavía bullía de actividad.

Los *renacuajos*, nuestros iniciados más pequeños, hacían dibujos en el suelo.

¡FREEAK!

El resto veía las noticias. Todas las cadenas emitían el desastre de Dallas.

NOTICIA DE ÚLTIMA HORA
CATÁSTROFE EN DALLAS
EXTRAÑA EXPLOSIÓN DE GAS PROVOCA
LIVE 8:30 ET
NYNN
S&P   55.32 MANTÉNGASE INFORMADO DE LAS ÚLTIMAS

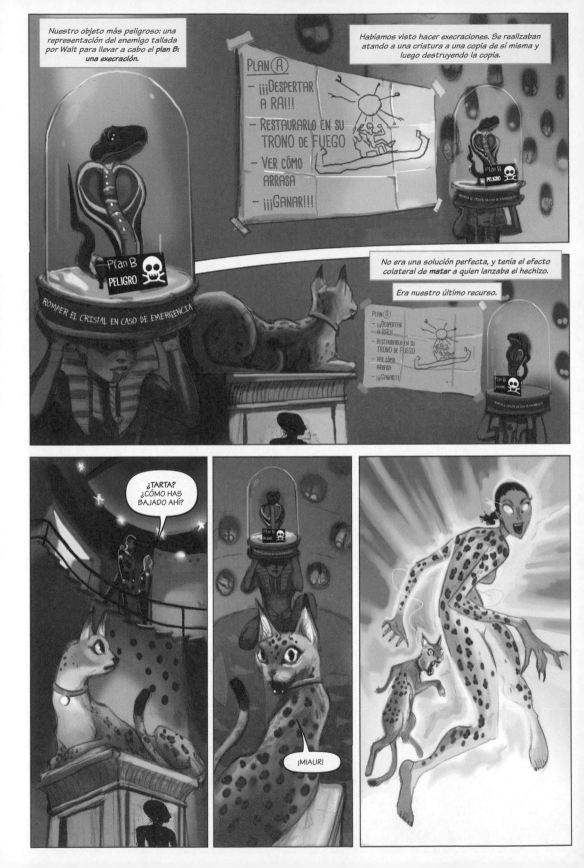

Dormir era más fácil en la teoría que en la práctica. Y no solo porque tuviera como compañero de habitación a un babuino que roncaba.

¿SIGUES CONSIDERANDO HACER UNA EXECRACIÓN?

SIGO PENSANDO QUE UN ATAQUE DIRECTO ES LA MEJOR OPCIÓN.

¿HORUS?

TIENES UNA PINTA MUY...

... MUY PALOMIL.

BUSCABA UN HALCÓN, PERO EN NUEVA YORK ESCASEAN.

QUERÍA ALGO CON ALAS. LOS PALOMOS SE HAN ADAPTADO BIEN A LAS CIUDADES Y NO TIENEN MIEDO A LA GENTE.

UNAS AVES NOBLES, ¿NO TE PARECE?

SÍ, MUY NOBLES. ES LA PRIMERA PALABRA QUE ME VIENE A LA MENTE CUANDO PIENSO EN PALOMOS.

PERO QUE CONSTE QUE TÚ SIGUES SIENDO MI ANFITRIÓN FAVORITO.

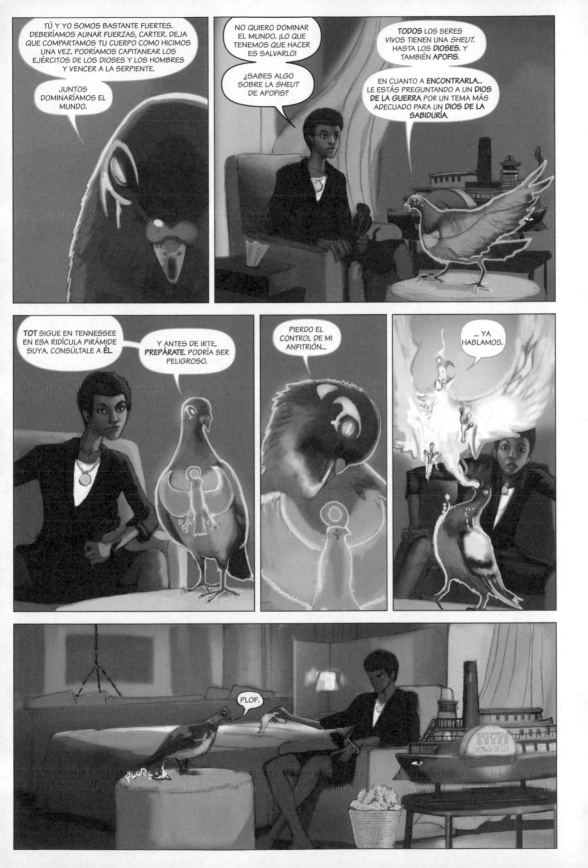

Al día siguiente pasé por debajo de la gigantesca estatua de Tot que había en la Gran Sala. Era hora de ir a Memphis.

La noticia de lo ocurrido en Dallas había volado por la comunidad mundial de los magos, pero nadie diría que había llegado el apocalipsis viendo a nuestros iniciados.

Considerando el fatal desenlace de la noche anterior, todo el mundo parecía extrañamente animado.

¿ALGUIEN HA VISTO A SADIE?

¡ESTÁ EN SU CUARTO!

CAPÍTULO 2

Claro que teníamos asuntos graves de los que ocuparnos. Por eso insistí en salir de fiesta primero.

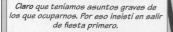

Escogí mechas negras, un vestido sin tirantes y un maquillaje oscuro para conseguir esa imagen de recién salida de la tumba.

Llevaba un colgante con el símbolo egipcio de la eternidad, el **shen**, que Walt me había regalado.

Walt tenía un amuleto igual. Por desgracia, los amuletos shen no significaban que estuviésemos saliendo en exclusiva.

Ni que estuviésemos saliendo en absoluto.

El otro chico que me gustaba, **Anubis**, era un **dios** que nunca me visitaba. Si Walt me hubiera pedido que saliera con él, creo que habría aceptado.

Pero Walt estaba **muriéndose**. Tenía la absurda idea de que sería injusto para mí que empezásemos una relación en esas circunstancias.

Estábamos en un **limbo exasperante**: tonteábamos, hablábamos durante horas, pero al final Walt siempre se alejaba y me rechazaba.

Al **ocaso** estaba lista para iniciar el ataque al frente de mis tropas.

Fui directa a la Gran Sala...

... donde vi algo que me heló la sangre.

¡WALT STONE!

¿?

SHU, DÉJAME TERMINAR DE HABLAR CON SADIE, POR FAVOR...

¡HABLAR! NO TE HAGAS EL INOCENTE, MUCHACHO. YO MANTUVE A TUS ABUELOS SEPARADOS DURANTE EONES.

EL CONCILIO DE LOS DIOSES HA DECRETADO QUE NO HAYA MÁS CONTACTO ENTRE DIOSES Y MORTALES... SALVO CUANDO UN DIOS HABITA UNA FORMA HUMANA.

¡POR LO MENOS DÉJAME CONTARLE LO DE WALT! ¡TIENE DERECHO A SABERLO!

¡NO! ¡TE PROHÍBO CUALQUIER NUEVO CONTACTO CON ESTA MORTAL!

¡Y EN CUANTO A TI, CHICA, NO TE ACERQUES A ÉL!

TIENES COSAS MÁS IMPORTANTES QUE HACER.

¿Qué había querido decir Anubis sobre Walt?

Anubis era el guía de los muertos. Seguro que había estado preparando a Walt para la muerte.

Tal vez quería advertirme de que se acercaba el momento, como si necesitase que me lo recordaran.

Anubis: prohibido.
Walt: al borde de la muerte.

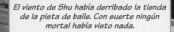

El viento de Shu había derribado la tienda de la pista de baile. Con suerte ningún mortal había visto nada.

Una luz dorada me llamó la atención.

¿EH?

¡Una horda de fantasmas, un dios del viento tempestuoso y ahora un portal!

ES IMPOSIBLE SER UNA CHICA **NORMAL** POR UNA NOCHE.

Al otro lado, distinguí unas débiles imágenes de una ciudad subterránea.

El Nomo Primero.

Los portales no aparecen al azar. Quien lo había invocado debía de querer hablar conmigo.

CREO QUE ESTE ES PARA MÍ.

SADIE, VOY A ESTRANGULARTE.

¿?

TE HAS ENTERADO DE LO DE **DALLAS**. LO SIENTO...

Zia Rashid. Elementalista del fuego y ayudante del lector jefe.

TODO EL MUNDO SE HA ENTERADO DE LO DE DALLAS.

LOS REBELDES YA TE CULPAN DE SUS MUERTES.

*Los rebeldes. La primavera pasada, los peores villanos de la Casa de la Vida formaron un **escuadrón** para destruir la Casa de Brooklyn.*

Los vencimos, pero juraron volver a enfrentarse a nosotros.

HAN VUELTO MÁS FUERTES AÚN Y HAN PUESTO A NUESTROS AMIGOS CONTRA NOSOTROS. DALLAS ERA UNO DE NUESTROS ALIADOS.

VEN CONMIGO AL SALÓN DE LAS ERAS. TIENES **MUCHO** QUE VER.

El Salón de las Eras.

Unas cortinas de luz multicolor narran la historia de Egipto.

*La primera sección de luz era dorada: la **Era de los Dioses**. Más adelante, el **Imperio Antiguo** emitía un brillo plateado; el **Imperio Medio**, uno marrón cobrizo, etc.*

Es un salón muy laaargo.

Al final del salón, las cortinas de luz roja de la edad moderna daban paso al **morado oscuro**: el pasado reciente.

Allí se arremolinaban visiones de un mundo en caos, monstruos serpentinos y rebeldes matando a magos inocentes.

¡QUÉ HORROR!

NO RECONOCEN A **AMOS KANE** COMO LECTOR JEFE. DESCONFÍAN DE LOS KANE POR USAR EL PODER DE LOS DIOSES. AHORA MATAN SISTEMÁTICAMENTE A CUALQUIERA QUE SE ALÍE CON EL LECTOR JEFE.

¿TUVIERON... TUVIERON LOS REBELDES ALGO QUE VER CON LO DE DALLAS?

ES POSIBLE. NO NOS ENTRETENGAMOS. TU TÍO AMOS NOS ESPERA.

TRADICIONALMENTE, EL SITIO DEL LECTOR JEFE ESTÁ AL LADO DEL TRONO DEL FARAÓN.

PERO EN VISTA DE LOS RECIENTES ACONTECIMIENTOS, PASA EL TIEMPO EN LA **SALA DE GUERRA**.

Freak nos llevó a una pirámide negra de cristal en la orilla del río Misisippi. Era el estadio deportivo del que Tot se había apropiado para convertirlo en su hogar.

HUM. TAL VEZ DEBERÍAMOS HABER IDO AL BAILE DE SADIE.

CAPÍTULO 3

Después de nuestra experiencia en el Museo de Dallas, no me hacían mucha gracia las esfinges, pero afortunadamente esa estaba de nuestra parte.

¡GRRR!

¡AAARG

Freak viró bruscamente sobre la cara de la pirámide. Se tragó a los demonios más pequeños e hizo trizas a los más grandes con sus alas como sierras circulares.

Eché mano del poder de Horus, y una aparición de seis metros con cabeza de halcón me envolvió.

¿?

¡¿?!

¡AYYY!

¡AAARG!

¡AAARG!

¡UFFF!

TODAVÍA ES TEMPRANO. NO VEO A NINGÚN INICIADO DESAYUNANDO NI PREPARÁNDOSE PARA FUNDAMENTOS DE PROBLEMAS MÁGICOS.

¿DÓNDE ESTÁ TODO EL MUNDO?

Una extraña criatura nos estaba esperando. Habló con la voz de Sadie:

NOS HEMOS IDO A EGIPTO, AL SUR DE EL CAIRO.

A Sadie se le había ocurrido la disparatada idea de crear el shabti perfecto para que fuera su avatar e hiciera todas sus tareas, como un robot teledirigido. Al no tener muchas dotes artísticas, había hecho una figura vagamente humana con macetas.

¡DEJA DE SONREÍR! TE VEO, CARTER. AH... HOLA, WALT.

HAY UNA EMERGENCIA EN EL NOMO PRIMERO. ZIA ME HA TRAÍDO AQUÍ PORQUE AMOS SE LO PIDIÓ. LA CASA DE LA VIDA SE ENFRENTA A UNA GUERRA CIVIL.

SARAH JACOBI Y SUS FUERZAS SE DIRIGEN HACIA NOSOTROS. QUIEREN QUE SU ATAQUE COINCIDA CON EL ALZAMIENTO DE APOFIS. HE LLAMADO A LOS INICIADOS AQUÍ PARA DEFENDER EL SALÓN DE LAS ERAS.

RESIDENCIA
PARA DIOSES
ACRES SOLEADOS

Carter y yo ya habíamos estado en la residencia para dioses seniles. Era un espectáculo lamentable. La enfermera jefe era *Tauret*. Todos los pacientes recibían sus cuidados, pero al que más atención dedicaba era a su querido Bes.

UN BOCADO MÁS, BES. PUEDES HACERLO.

CAPÍTULO 4

El escarabajo de su collar empezó a brillar y a calentarse.

Ra le había dado el amuleto después de la batalla de la Casa de Brooklyn, hacía seis meses.

EL *EGYPTIAN QUEEN* PERTENECIÓ A NUESTROS PADRES CUANDO ESTABAN VIVOS. PODEMOS INVOCARLO UNA VEZ AL AÑO.

El único inconveniente del *Egyptian Queen* es su capitán.

BIENVENIDA A BORDO, LADY KANE.

ESTOY A VUESTRO SERVICIO.

Filo Ensangrentado había obedecido nuestras órdenes en el pasado, pero eso no significaba mucho, porque nos **rebanaría el pescuezo** si se le presentaba la ocasión.

LA CENA ESTÁ LISTA.

LORD CARTER Y LORD WALT OS ESPERAN EN EL CAMAROTE.

Por otra parte, teníamos que ir a la Sala del Juicio.

Yo tenía hambre y sed, y estaba dispuesta a soportar un viaje de veinte minutos si podía disfrutar de una Ribena helada y un plato de pollo tandoori con pan ácimo.

El templo negro que alberga la Sala del Juicio estaba
exactamente como lo recordaba. Subimos por los escalones
del muelle y pasamos entre hileras de columnas de obsidiana
que se perdían en la penumbra.

Habíamos estado de visita un par de
veces desde que nuestro padre era
huésped de Osiris, pero todavía no
habíamos visto cómo llevaba el tribunal.

Mi padre era justo, pero
severo. No aceptaba excusas
de nadie.

¡TODOS EN PIE!
¡SE ABRE LA SESIÓN
DEL TRIBUNAL DE
OSIRIS!

Si Setne era tan malo como Tot
decía, mi padre no le mostraría ninguna
piedad. Lanzaría el corazón de ese
tío a Ammit la Devoradora como si
fuera una galleta para perros.

¡QUE ENTRE
EL ACUSADO!

EGIPTO, SUR DE EL CAIRO.
MEDIA TARDE.

El *Egyptian Queen* emergió del inframundo
en el Nilo como una ballena que sale
a la superficie.

El día estaba pasando rápido.
Al amanecer del día siguiente los
rebeldes atacarían el Nomo Primero,
y Apofis se alzaría.

A pesar de las cadenas
mágicas que restringían
su libertad, Setne había
logrado un gran cambio.

¡AH, AL FIN
AIRE
FRESCO!

NO TE
ACOSTUMBRES.

CAPÍTULO 5

SON PASTILLAS HAPI. TRAGAOS UNA CADA UNO, Y OS GARANTIZO QUE VIAJARÉIS ADONDE IMAGINÉIS.

Ya sé que esto va a parecer el eslogan de una campaña, pero a todos los chavales que están en casa, si alguien os ofrece pastillas Hapi, decid que no.

Sabían peor aún de lo que parecían.

Al minuto empecé a tener náuseas.

¡CARTER, TE ESTÁS DERRITIENDO!

T-T-TÚ TAMBIÉN...

Licuarte no es divertido.

Nos convertimos en charcos.

Sentí que me evaporaba y me desplazaba hacia el interior a una velocidad increíble.

No podía ver exactamente, pero notaba el movimiento y el calor del desierto mientras éramos impulsados hacia el oeste.

Centré mis moléculas en un mantra: el Serapeum de Apis, el Serapeum de Apis.

Aparecí en otra parte respirando con dificultad.

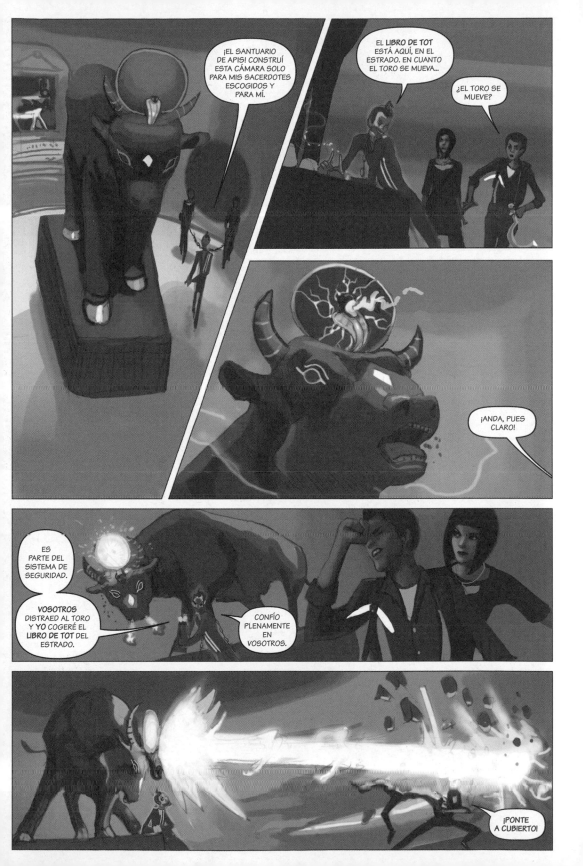

No había duda de que Zia había seguido la **senda de los dioses**.

ESTÁ QUE ECHA HUMO, ¿EH? LA MAYORÍA DE LA GENTE QUE INVOCA EL PODER DE RA SUFRE COMBUSTIÓN ESPONTÁNEA.

¡POR LO MENOS TIENES EL LIBRO DE TOT! SI MUERE, NO HABRÁ SIDO EN VANO...

COMO SE MUERA, TE...

¿QUÉ? ¿ME EXECRARÁS?

TODAVÍA ME NECESITAS, COLEGA. ¿QUIÉN, SINO, TE VA A AYUDAR A CRUZAR LA TIERRA DE LOS DEMONIOS SIN QUE SUFRAS DAÑO ALGUNO?

ESO ME RECUERDA QUE TENEMOS QUE VOLVER AL RÍO DE LA NOCHE LO ANTES POSIBLE.

¿QUÉ TAL SI VOY A DECIRLE AL CAPITÁN ADÓNDE VAMOS? ¿ME CONCEDES PERMISO PARA DARLE ÓRDENES?

¡CON MUCHO GUSTO!

La fiebre de Zia remitió.

Yo estaba nervioso. Ni siquiera hizo falta que Setne empleara palabras divinas.

ESTÁ BIEN. PIÉRDETE DE MI VISTA.

Le besé la frente y me quedé a su lado tomándole la mano.

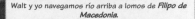

CAPÍTULO 6

Encontramos un sendero despejado de ruinas de adobe.

TÚ DEBES DE SER **NEIT**. TENGO ENTENDIDO QUE ERES AMIGA DE BES Y TAURET.

SADIE KANE. **LOS OTROS** ME DIJERON QUE VENDRÍAS.

MAGOS RUSOS. DESPUÉS PASARON UNOS CUANTOS DEMONIOS. TODOS QUERÍAN MATARTE.

ACABÉ CON ELLOS.

MORTALES, MAGOS, DEMONIOS, RECAUDADORES DE IMPUESTOS... TODO AQUEL QUE INVADE MI TERRITORIO PAGA. CONSERVO TROFEOS.

Neit sacó un collar con cuadrados andrajosos de tela: vaquera, lino, seda.

¿TE PAREZCO **CRUEL**? OH, SÍ, COLECCIONO LOS **BOLSILLOS** DE MIS ENEMIGOS.

La diosa estaba pirada. Por desgracia, necesitábamos su ayuda.

SÉ LO QUE ESTÁIS BUSCANDO.

LA *SHEUT* DE BES MORA EN MIS DOMINIOS, ENTRE LAS **SOMBRAS DE TIEMPOS REMOTOS**.

¿ENTRE LAS QUÉ?

Neit disparó una flecha brillante al cielo.

El aire se onduló mientras la onda expansiva se contraía y volvía a transformar el paisaje en el Egipto actual.

Los últimos muros del templo quedaron reducidos a un montón de adobes desgastados, pero la sombra de Bes seguía viéndose en ellos, aunque se desvanecía poco a poco a medida que el sol se ponía.

Sin que yo pudiera impedírselo, Walt preparó su varita mágica.

TENEMOS QUE ATRAPAR EL ESPÍRITU DE BES ANTES DE QUE ANOCHEZCA...

¡GUARDA LA VARITA, WALT! ¡SI USAS LA MAGIA, ACABARÁS MUERTO!

EJEM.

¿ANUBIS?

SIENTO ENTROMETERME, PERO, WALT..., ES LA HORA. ¿HAS TOMADO UNA DECISIÓN?

*Unir

SHABTI Y SOMBRA UNIDOS...

DEVUÉLVELE A BES LA SOMBRA...

INVIERTE EL HECHIZO. DEBERÍAS PODER LANZARLO A DISTANCIA. COMO ES UN HECHIZO BENEFICIOSO, LA SOMBRA QUERRÁ AYUDARTE. ENVÍA LA SHEUT A POR BES, Y LO DEVOLVERÁ A SU ESTADO ANTERIOR.

Invertí la formulación del hechizo de execración. En lugar de borrar a Bes de la faz del planeta, intenté volver a dibujarlo, esta vez con tinta permanente.

Me imaginé a Bes como lo había conocido.

Chófer..., salvador..., amigo.

La figura de cera desapareció.

¿HA FUNCIONADO, WALT?

No hubo respuesta.

Walt tenía los ojos cerrados. Su frente se enfriaba rápidamente.

OH, NO, POR FAVOR...

¡ANUBIS, HAZ ALGO!

Demasiadas piezas del puzle encajaron de golpe. Walt estaba siguiendo la senda de Anubis.

No estoy orgullosa de mi reacción, pero me volví y huí saltando a través del portal de oscuridad.

En ese momento ni siquiera me importaba adónde llevaba; solo quería estar lejos de aquella criatura inmortal a la que creía que amaba.

Mientras Sadie vivía su drama amoroso sobrenatural, yo me enfrentaba a un capitán de barco asesino empeñado en cambiar su nombre por *Filo Todavía Más Ensangrentado.*

El *Egyptian Queen* navegaba haciendo eses por el Río de la Noche. ¡Tenía que hacerme con el control del barco antes de que nos estrellásemos!

CAPÍTULO 7

Corrí a la timonera.

No había nadie al timón. Vi una franja oscura más adelante: tierra. Íbamos directos a ella.

¡BASTA!

¡HE SERVIDO A LOS KANE DEMASIADO TIEMPO!

¡HEMOS TERMINADO!

EL CASO DE RA ES DISTINTO. ES MUCHO MÁS VIEJO, Y SU PODER ES MÁS DIFÍCIL DE CANALIZAR.

CUANDO ACCEDO AL PODER DE RA, PERCIBO PÁNICO. SE SIENTE ATRAPADO, INDEFENSO.

TENDERLE LA MANO ES COMO INTENTAR SALVAR A ALGUIEN QUE SE ESTÁ AHOGANDO. TE AGARRA Y TE HUNDE CON ÉL.

SU PODER INTENTA ESCAPAR A TRAVÉS DE MÍ, Y APENAS PUEDO CONTROLARLO. CADA VEZ QUE PIERDO EL CONOCIMIENTO, EMPEORA. RA QUIERE QUE LE PERMITA HABITAR MI CUERPO, PERO TEMO ESTAR DEMASIADO DÉBIL PARA CONTROLAR SU PODER.

EN LAS CATACUMBAS, CON EL TORO APIS, PODRÍA HABERTE MATADO.

PERO NO LO HICISTE. ¡ME SALVASTE LA VIDA! SI ALGO HE APRENDIDO COLABORANDO CON HORUS, ES A ENCONTRAR EL EQUILIBRIO.

¡TÚ ERES LA CLAVE PARA TRAERLO DE VUELTA!

A VECES TIENES QUE OBEDECER A TU CORAZÓN.

Nunca me hubiera imaginado que mi primera cita sería en una orilla de un río llena de huesos en la Tierra de los Demonios, pero en ese momento no hubiera querido estar en ningún otro sitio.

BLUB BLUB.

HUM... EL LIBRO DE TOT SE ESTÁ HUNDIENDO.

MÁS VALE QUE LO COJAMOS.

Al mirar el mar del Caos, solo una cosa inspiraba seguridad: un gigantesco obelisco que emergía de las aguas, posado sobre un espigón en forma de espiral.
ESE OBELISCO ES EL SÍMBOLO DEL ORDEN. TODO LO DEMÁS... ¡ES EL PODER DE APOFIS!
SIEMPRE MINANDO LA CREACIÓN, SIEMPRE DEVORANDO Y DESTRUYENDO. DECIDME, ¿CUÁL DE LAS DOS FUERZAS ES MÁS PODEROSA?
¿ES UN TRUCO? NO VEO LA SOMBRA DE APOFIS.
OH, ESTÁ AHÍ. PERO PARA VERLA, PARA ATRAPARLA, MORTALES, UNO DE VOSOTROS DOS TIENE QUE LANZAR UN HECHIZO DE INVOCACIÓN MÁS CERCA DEL MAR. NO PUEDE HACERLO UN FANTASMA.
YO LO HARÉ.
GO
Nos dirigimos con cautela a la base del obelisco, teniendo cuidado de que el Caos no nos lanzase a él de cabeza.
Zia llevó a cabo el hechizo de invocación leyendo detenidamente el Libro de Tot.

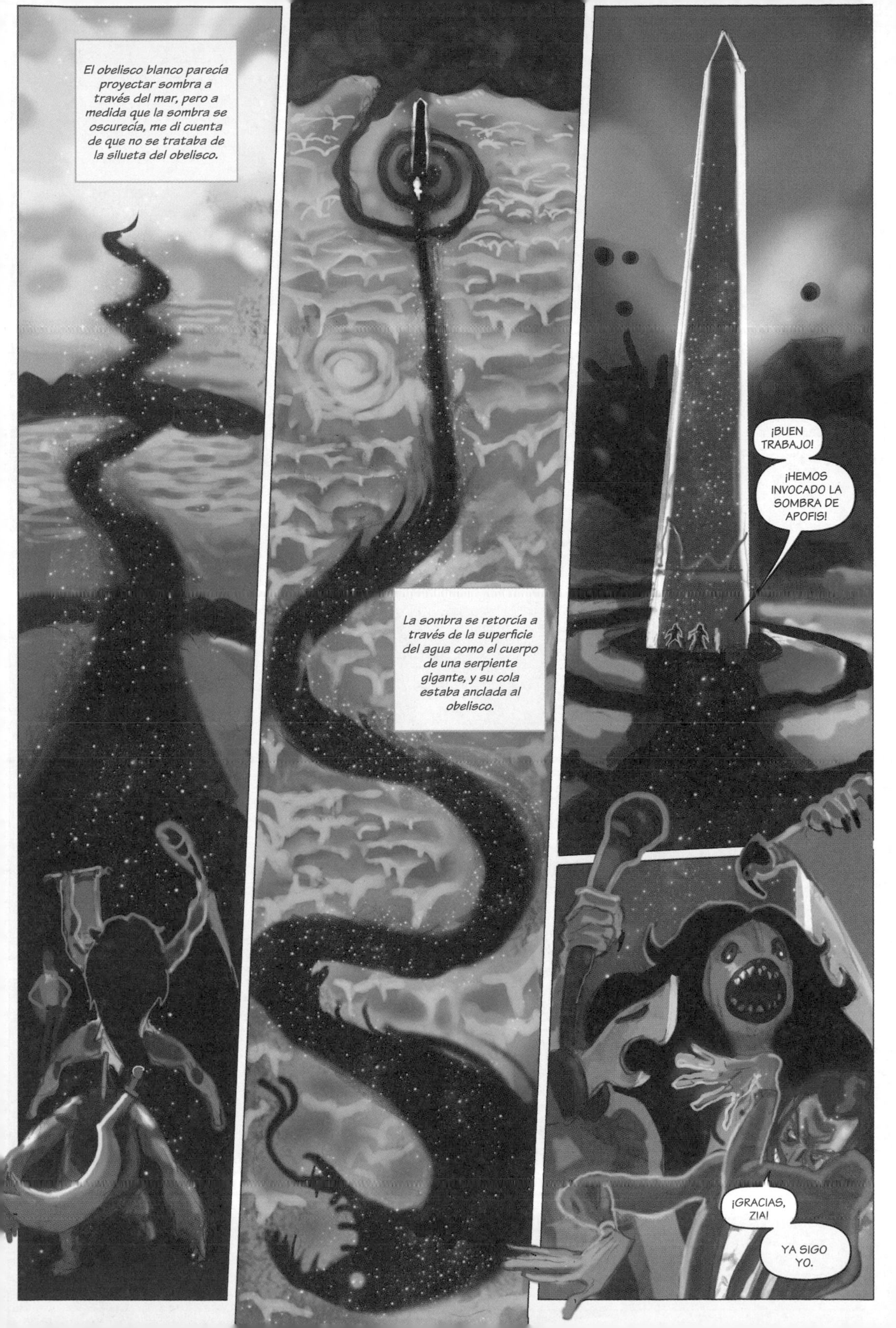
El obelisco blanco parecía proyectar sombra a través del mar, pero a medida que la sombra se oscurecía, me di cuenta de que no se trataba de la silueta del obelisco.
La sombra se retorcía a través de la superficie del agua como el cuerpo de una serpiente gigante, y su cola estaba anclada al obelisco.
¡BUEN TRABAJO!
¡HEMOS INVOCADO LA SOMBRA DE APOFIS!
¡GRACIAS, ZIA!
YA SIGO YO.

SIENTO MUCHO LO DE WALT, SADIE. ¿ESTÁS BIEN?

¡SÍ!

Recité hasta la última palabra del hechizo de amarre que Walt me había enseñado.

HI-NEHM.*

*Unir

La figura absorbió la oscuridad.

Pronto la sombra había desaparecido por completo y la estatuilla se había vuelto negro azabache.

SOMBRA ATRAPADA.

LA EXECRACIÓN SERÁ FÁCIL. TENEMOS QUE ESTAR FRENTE A APOFIS, PERO POR LO DEMÁS ES EL **MISMO HECHIZO** QUE HEMOS ESTADO PRACTICANDO.

Los demonios se habían reunido en el campo de cráteres que teníamos debajo; había cientos, y todos avanzaban hacia nosotros. Estábamos atrapados entre el mar del Caos y un ejército hostil.

TRESCIENTOS O CUATROCIENTOS DEMONIOS CONTRA DOS KANE Y ZIA. NO ME GUSTAN ESAS CIFRAS.

AL MENOS PODEMOS IRNOS PELEANDO.

Las líneas de combate se abrieron por un momento.

¡AL ATAAAQUE!

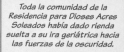

Toda la comunidad de la Residencia para Dioses Acres Soleados había dado rienda suelta a su ira geriátrica hacia las fuerzas de la oscuridad.

Un reluciente coche negro entró en combate a toda velocidad. El conductor tenía que estar loco para desviarse de su camino para atropellar demonios.

¡VROOOM!

¡SGREEECH!

¡BES!

¡EL ÚNICO E INIGUALABLE!

TAPAOS LOS OJOS. LAS COSAS SE VAN A PONER FEAS.

¡MUY PERO QUE MUY FEAS!

... y frenó bruscamente en la playa de huesos.

Una luz resplandecía en la oscuridad río arriba.

HEMOS LLEGADO JUSTO A TIEMPO PARA PILLAR EL BARCO SOLAR DE RA.

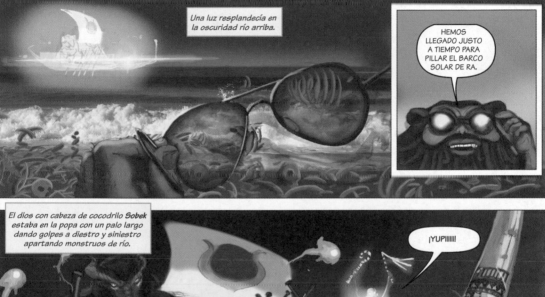

El dios con cabeza de cocodrilo **Sobek** estaba en la popa con un palo largo dando golpes a diestro y siniestro apartando monstruos de río.

¡YUPIIIIIII!

También estaba **Bast** y, sentado en su trono, nuestro senil amigo Ra.

¡HOLAAAAAA! ¡TENEMOS GALLEEEEEETAS!

CAPÍTULO 8

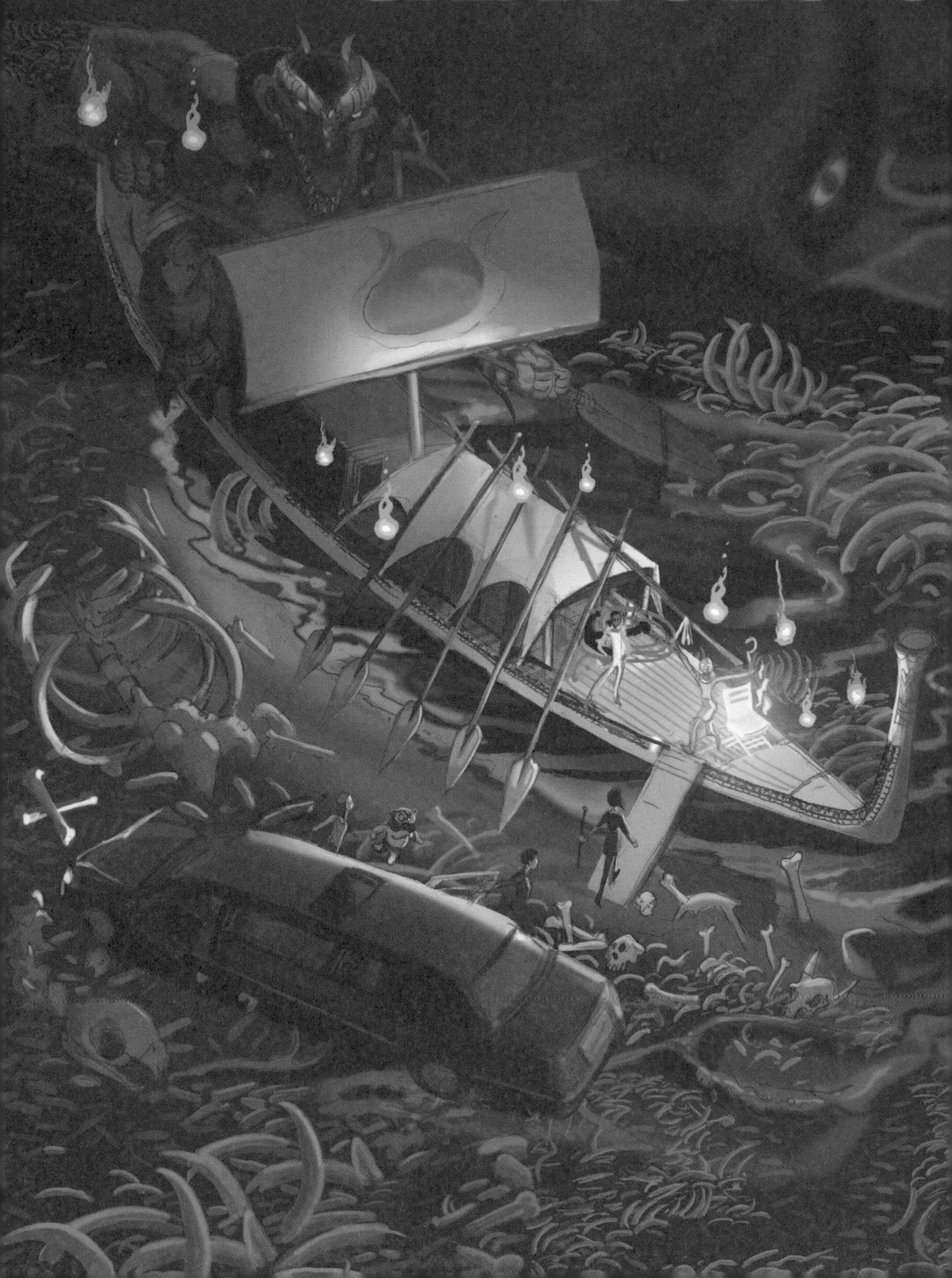

Abajo nadie se reunía.
Nadie se congratulaba.

Más adelante se alzaban tres pirámides en las llanuras de Guiza. Tormentas de arena y relámpagos arreciaban.

Las tormentas adoptaron la forma de una enorme serpiente. Apofis se estaba volviendo tangible. El desierto se agitó, y las pirámides se sacudieron con un horrible eco.

Una de las construcciones más antiguas de la historia de la humanidad estaba a punto de caerse.

CARTER Y SADIE KANE, AQUÍ ES DONDE DIOSES Y MORTALES SE SEPARAN.

¡NI HABLAR! TENEMOS LA SOMBRA. ¡ESTAMOS JUNTOS EN ESTA LUCHA!

Bajo tierra nos encontramos con un gran alboroto. Un montón de rebeldes habían formado una barrera que bloqueaba las puertas del **Salón de las Eras**, y nuestros iniciados intentaban pasar.

Parecía el mundo al revés. ¿No debería nuestro bando estar defendiendo las puertas?

Nos metimos en la refriega con la ayuda de la fuerza de Isis y Horus.

¡BABOSA BANANA!

¡HÁMSTER!

Walt había llegado y estaba empleando magia.

Atravesó la línea enemiga reduciendo a los magos rebeldes a enormes vasos canopos, al mismo tiempo que lanzaba a otros con una fuerza sobrehumana.

Tocó a otro rebelde y lo envolvió en el acto en vendas de momia.

¡THWAK!

¡AAGH!

¿ESTÁ TODO EL MUNDO BIEN?

¡WALT, ESTÁS CURADO!

Y HACIENDO MAGIA... ¡¿CÓMO LO HAS CONSEGUIDO?!

Hice descender mi vista a la Duat y descubrí la verdad.

«Anubis cree que existe una forma de alargarme la vida», había dicho Walt al volver de la base de Tot.

La buena noticia era que Amos no luchaba solo; la mala, que su compañero era el dios del Caos.
¡QUÉ DIVERTIDO, PEQUEÑOS MAGOS! ¿NO SABÉIS MÁS TRUCOS?
¡SET! ¡NADA DE MATAR!
Costaba entender que Amos **aceptase** canalizar el poder del dios rojo por voluntad propia.
Pero estaba haciendo lo imposible.
Estaba **ganando.**
¡BAH! VENGA YA, AMOS, DÉJAME DIVERTIRME UN POCO.
¡SOLO QUIERO ARRANCARLES LA CARNE DE LOS HUESOS!

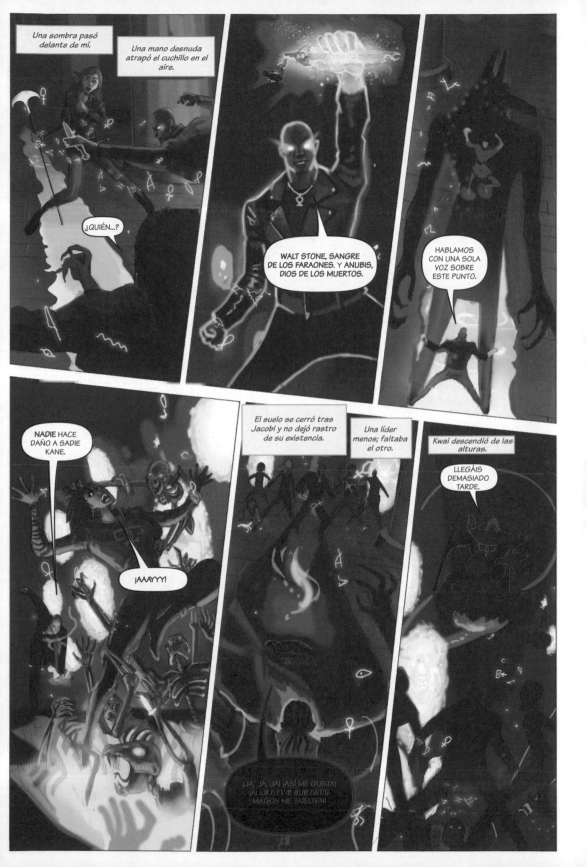

Decir que Apofis era enorme sería como decir que al *Titanic* le entró una pizca de agua.

La serpiente había crecido desde que habíamos estado bajo tierra. Ahora su cuerpo se extendía a través del desierto a lo largo de kilómetros, envolvía las pirámides y abría túneles bajo las afueras de El Cairo, levantando barrios enteros como una vieja moqueta.

Redujo el barco solar de Ra a leña con un chasquido de lengua.

ممنوع التسلق
Prohibido trepar

Primer consejo para luchar contra una serpiente gigante del Caos: **no lo hagas.**

Incluso con la ayuda de un escuadrón de dioses y magos, no es una batalla que tengas posibilidades de ganar.

A medida que nos acercábamos, el mundo se fracturaba Apofis entraba y salía de la arena del desierto reptando, del mismo modo que entraba y salía de la Duat fragmentando la realidad en distintas capas.

Hapi iba montado en una cabeza de la serpiente, golpeando a Apofis entre los ojos con sus enormes puños.

Neit disparaba a otra cabeza de serpiente con sus flechas.

Amos y Set lanzaban cuchilladas en el aire gritando palabras de mando a la nada.

La diosa Serket iba montada en una gigantesca cabeza de escorpión negro, esquivando una versión de la cola de Apofis con su aguijón en un extraño duelo a espada.

Nuestros aliados desaparecían en la maléfica atracción de feria de Apofis. El cayado y el látigo de Ra guiaban a Carter hacia el dios del sol. La shout de Apofis me guiaba a mí hacia la serpiente.

Parecía que corriésemos a través de capas de jarabe transparente, cada una más densa y resistente que la anterior.

TENEMOS QUE LLEGAR HASTA RA. ¡CONCÉNTRATE EN ÉL!

Delante de nosotros, una luz radiante rielaba como a través de quince metros de agua.

En el centro de la tormenta del caos, unas barreras de humo rojo y gris se arremolinaron a nuestro alrededor. El barco solar de Ray yacía en ruinas ante nosotros.

LLEGÁIS JUSTO A TIEMPO. LA SERPIENTE ES CADA VEZ MÁS FUERTE.

¡MIRAD!

Arriba se alzaba la auténtica cabeza de la serpiente, o al menos la manifestación que conservaba la mayoría de su poder.

Tenía la piel compacta y reluciente de escamas dorado rojizo. Su boca era una cueva rosa con colmillos.

Frente a ella flotaba una bola de luz resplandeciente tan fuerte que no se podía mirar directamente.

¡NO SSSE PUEDE BURLAR EL DESSSTINO! ME HE TRAGADO A RA. ¡EL FIN DEL MUNDO ESSS AHORA INMINENTE!
¡NO HE RESUCITADO PARA QUE VUELVAN A MATARME! ¡EXECRAD A ESA SERPIENTE!
¡DEPRISA, CARTER, SADIE! ¡NOSOTROS LO DISTRAEREMOS MIENTRAS VOSOTROS COMPLETÁIS EL HECHIZO!
No necesitamos consultar un papiro. Habíamos practicado esa execración durante meses. Nos sabíamos las palabras de memoria.
La única duda era si habría diferencia con la sombra.

TE EXILIAMOS MÁS ALLÁ DEL VACÍO. YA NO EXISTES.

¡MORTALES MIOPES!

¡NO SÓLO ME HABÉIS MATADO A MÍ, HABÉIS DESTERRADO A LOS DIOSES!

La figura se deshizo en nuestras manos. La sombra desapareció en una nube de vapor...

LA MAAT Y EL CAOS ESTÁN UNIDOS, INSENSATOS.

NO PODRÉIS RECHAZARME SIN RECHAZAR A LOS DIOSES.

... y una onda explosiva de oscuridad nos derribó.

Se vio cortado (literalmente) en pleno discurso cuando le explotó la cabeza.

Sí, fue tan asqueroso como suena.

El cuerpo de Apofis se deshizo en arena y pringue humeante.

EPÍLOGO

Amos convocó una asamblea general en el Salón de las Eras, así que volvimos bajo tierra.

En el Nomo Primero se respiraba un ambiente ligero y festivo.

Los magos intercambiaban anécdotas, hablaban y se ponían al corriente con sus viejos amigos.

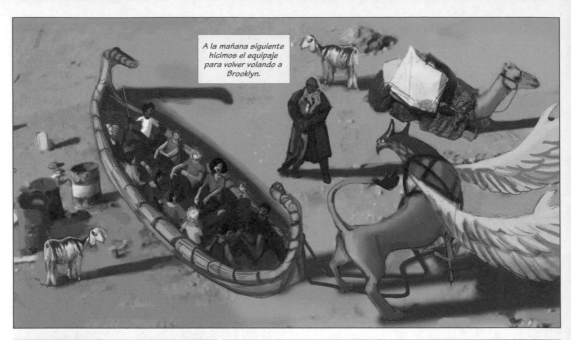

A la mañana siguiente hicimos el equipaje para volver volando a Brooklyn.

Carter se quedó.

Yo quería pasar un poco de tiempo con Zia. Una cita como es debido.

El mismo sistema de túneles que conectaba el Nomo Primero con Guiza también estaba conectado con el metro de El Cairo en el centro de la ciudad.

EJEM, DESPUÉS DE TI, ZIA.

Y así fue como pasó.

Las diversas catástrofes que asolan el mundo han disminuido, y estamos preparando la llegada de nuevos iniciados para cuando empiece el año académico.

Seguimos enseñando la senda de los dioses. Juntos, Carter, Amos y yo haremos que la magia egipcia sea más poderosa que nunca. Y eso es bueno, porque para nosotros los retos no han terminado.

Todavía me preocupa que Setne ande suelto con su horrible gusto para la moda y con el Libro de Tot.

En cuanto a vosotros, debéis saber que nunca estamos demasiado ocupados para recibir a nuevos iniciados. Si tenéis la sangre de los faraones, ¿a qué estáis esperando? Que no se desperdicie vuestra magia.

¡La Casa de Brooklyn tiene sus puertas abiertas!

Papel certificado por el Forest Stewardship Council®

MIXTO
Papel procedente de
fuentes responsables
FSC® C117695

Primera edición: septiembre de 2019

Título original: *The Serpent's Shadow: The Graphic Novel*
Adaptación de la novela *El Trueno de Fuego*, segundo libro de Las crónicas de los Kane
Publicado por acuerdo con Galt and Zacker Literary Agency y Sandra Bruna Agencia Literaria, S.A.

© 2017, Rick Riordan, por el texto
© 2019, Penguin Random House Grupo Editorial, S.A.U.
Travessera de Gràcia, 47-49, 08021 Barcelona
© 2017, Disney Enterprises, Inc., por las ilustraciones
© 2019, Ignacio Gómez Calvo, por la traducción

Printed in Spain – Impreso en España

ISBN: 978-84-17773-64-9
Depósito legal: B-12.974-2019

Compuesto en Compaginem Llibres, S.L.

Impreso en Gómez Aparicio, S.A.
Madrid

GT 7 3 6 4 9

Penguin
Random House
Grupo Editorial

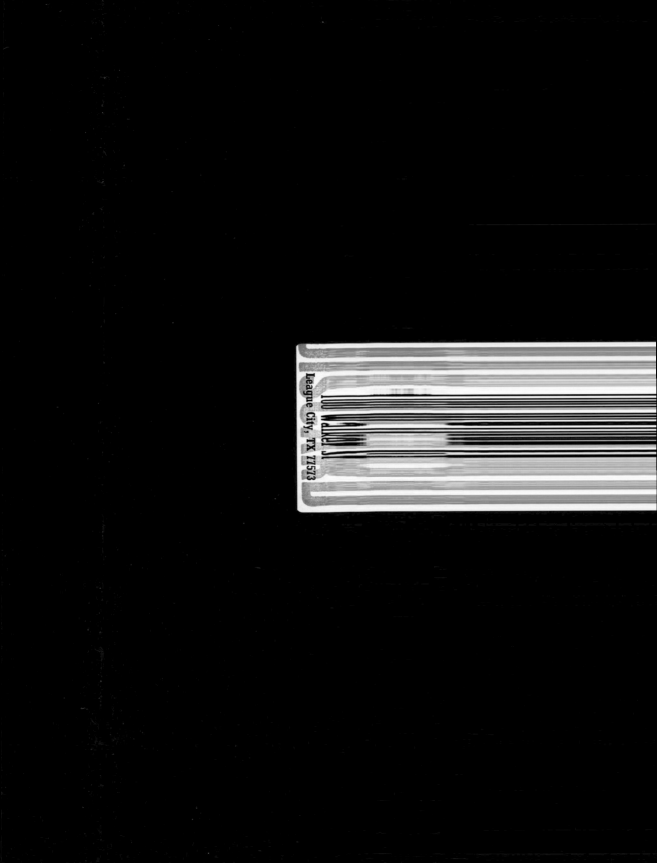

R'08

8

THE CARE AND FEEDING
OF AN
IACUC

The Organization and Management
of an Institutional Animal Care
and Use Committee